D1730275

Für die liebe Christine🖤

Ich wünsche dir viel Spaß beim
Lesen und Entspannen, denn sich
in fremde Welten führen zu lassen,
ist die schönste Reise, die man
machen kann.

~ Catalina
writing-cat

Catalina Apitzsch

Burning-Aus Funken wird Feuer

story.one – Life is a story

1st edition 2023
© Catalina Apitzsch

Production, design and conception:
story.one publishing - www.story.one
A brand of Storylution GmbH

Font set from Minion Pro, Lato and Merriweather.

© Cover photo: Photo by Courtney Cook on Unsplash

ISBN: 978-3-7108-4944-2

Dieses Buch ist für alle, die einen Moment Spaß
und Liebe brauchen. Genießt es:)

INHALT

1 eigenartige Bedingung

„Hey.“

„Hey. Die Wohnung gehört mir.
Und ich entscheide, wer hier wohnt.
Ich hab noch 'ne Menge anderer Bewerber.
Küche. Bad. Wohnzimmer gibt's nicht. Mein Raum. Freier Raum.“
Er drehte sich zu mir um.
„Du bist ja immer noch da.“

„Jap. Und dass, obwohl du so unhöflich bist.
Ich bin übrigens Charlotte, kurz Charlie. Und wie heißt du?“

„Sorry.“ Er rieb sich verlegen den Kopf.

„Hi, Sorry. Schön, dich kennenzulernen.“

Stirnrunzelnd, als wisse er nicht, was er von mir halten solle, starrte Sorry mich an, bevor ihm ein paar grundlegende Manieren wieder in den Sinn zu kommen schienen. „Ich meinte sorry, für den Auftritt.", sagte er jetzt. „Ich hatte eigentlich ‘nen Typ erwartet. Und ich heiße übrigens Brian, nicht Sorry."

„Okay, Brian nicht Sorry. Interessanter Name. Ist das so ein amerikanischer Stil?"
Genervt stöhnte er auf. „Brian. Nur Brian. Nicht mehr und nicht weniger. Klar?!", fragte er etwas ungehalten.
Ich grinste. Dass ich ihn auf den Arm nahm, begriff in diesem Moment wohl auch Brian, denn ich konnte sehen, wie er sich innerlich die Hand vor den Kopf schlug.

„Ich hab so eine Ahnung, dass ich dich noch ‘ne Weile ertragen muss. Er schmunzelte. Und ich werde es wohl bereuen."

„Das bezweifle ich. Bei der Menge anderer Bewerber und dem Fakt, dass du n'en Typ erwartet hast, glaube ich, hier nicht willkommen zu sein. Vielleicht sieht man sich." Damit drehte ich mich um und wollte gehen, doch weit kam ich nicht.

„Warte." Die aufrichtige Bitte in seiner Stimme ließ mich innehalten. Und der sanfte Griff um mein Handgelenk. „Ich schätze, du bist ganz okay. Du kannst das freie Zimmer haben, wenn du willst. Dass ich dich für n'en Typen gehalten habe, lag nur an deinem Namen. Bei Charlie denke ich nicht sofort an eine Frau. Und die anderen Bewerber waren noch seltsamer als du. Ich halte nicht viel davon, wenn mich jemand um vier Uhr morgens wecken will, um seine Hypnose-Fähigkeiten zu verbessern. Also?"

„Na gut. Aber unter einer Bedingung."

„Die da wäre?"

„Lass die Finger von meinem Vanillejoghurt!" Ich erwiderte seinen ungläubigen Blick auf meine, zugegebenermaßen eigenartige, Bedingung mit voller Ernsthaftigkeit.

„Meinetwegen.", willigte er ein.

2 Herzallerleibst...

Das fünfzehn Stockwerke große Haus, in dem ich ab sofort wohnte, war als Studentenwohnheim vorgesehen. Nach nur wenigen Tagen hatte ich bereits so viele neue Leute kennengelernt, dass mir der Kopf brummte, wenn ich versuchte, mich an ein bestimmtes Gesicht oder einen Namen zu erinnern. Es schien nahezu unmöglich, sich mit allen bekannt zu machen. Allmählich gewöhnte ich mich zwar daran und fand neue Freunde, doch Brian blieb für mich ein Rätsel. Seine Launen waren so wechselhaft, wie das Wetter und seine Handlungen so gegensätzlich, wie Sonne und Mond. Ich konnte nicht sagen, ob ich ihn mochte, und das schien auf Gegenseitigkeit zu beruhen. Wir Akzeptierten die Anwesenheit des jeweils anderen, doch wir vermieden es, mehr Freundlichkeiten als nötig auszutauschen.

„Da bist du ja endlich.", begrüßte er mich auch schon ungeduldig, kaum dass ich die Wohnungstür in der 12. Etage hinter mir geschlossen hatte. Glücklicherweise gewöhnte ich mich langsam an den Aufstieg, der einer Wanderung auf den Mount Everest Konkurrenz machen könnte, denn so war es mir möglich, mit einem genervten Blick zu kontern. „Beim nächsten Mal kommst du entweder mit, oder du kannst deinen Kram allein kaufen.", informierte ich ihn.

„Och. Du machst das so toll, da möchte ich dir nicht im Weg stehen." Er grinste.

„Sag bloß, du hast nicht den Mut, dir deine Kondome selber zu besorgen." Mit diesen Worten warf ich ihm besagte Packung zu. „Ich frag mich ja was die Frauen, die hier jeden Abend herkommen, dazu sagen würden. Wer sie wohl sind, dass sie sich freiwillig mit dir abgeben."

„Was geht es dich an, in wessen Gesellschaft ich abends bin. Außerdem habe ich wenigstens Verehrerinnen, ganz im Gegensatz zu dir."

Ich schnaubte. „Ich kann gut drauf verzichten. Und was es mich angeht? Ich habe keinen Bock, jeden Abend mit Kopfhörern einschlafen zu müssen, um die Geräuschkulisse auszublenden."

„Glaub mir, jede einzelne dieser Frauen bettelt hinterher um mehr. Du könntest also nur von mir lernen." Er lachte selbstgefällig, während er seine Bierdosen, die ich ihm ebenfalls mitbringen durfte, im Kühlschrank verstaute.

Eh ich allerdings etwas erwidern konnte, unterbrach ein Klopfen an der Tür unser Gespräch.

3 Die Neue

„Hey, du musst die Neue sein."
Ich hatte die Tür geöffnet und mir standen drei wirklich schöne Mädels gegenüber, die mich freundlich anlächelten. „Jap. So siehts aus. Ich bin Charlie."

„Sina." „Elli." „Ruby.", stellten sie sich der Reihe nach vor.

„Hey Brian", rief Elli, kaum dass sie meinen Mitbewohner in der Küche entdeckt hatte. Der nickte ihr zum Gruß zu. „Warum hast du uns Charlie noch nicht vorgestellt? Dann hätten wir früher gewusst, wie hot sie ist."

„Wenn ihr mir die Bude einrennt, ist es nicht so leicht, die Ladies von mir zu überzeugen. Ich muss ihnen doch eine so schöne Nacht wie möglich bereiten. Und mit natürlich auch." Mit einem vielsagenden Blick in meine Richtung verschwand er lachend in seinem Zimmer.

Seufzend schüttelte Sina den Kopf. „Er ist zwar ein verlässlicher Freund, aber trotzdem ein echter Playboy. Es gibt kaum ein Mädchen, mit dem er noch nicht geschlafen, oder zumindest geflirtet hat."

„Wenn du, so wie ich, bisexual bist, kannst du auch mit jedem, wirklich jedem flirten", erwiderte Elli. „One night stands inklusive. Hey, Charlie, wandte sie sich an mich, Bist du auch bi?"

„Ich will dich nicht enttäuschen, aber ich bin hetero und single."

„Du bist single? Perfekt! Mit den beiden in die Clubs zu gehen ist nämlich ziemlich, naja ernüchternd. Aber jetzt kann ich mit dir süßen Typen hinterherstarten und flirten bis zum Umfallen, ohne mir Moralpredigten anhören zu müssen."

„Nicht, dass du dich zurückgehalten hättest", murmelte Sina.

„Wo denkst du hin? Ich bin viel zu großartig, um mir das entgehen zu lassen." Ellis grinste verschlagen.

„Wenn Mal nicht so viel los ist, gehe ich gerne mit dir zusammen in einen Club.", Versprach ich. An Sina und Ruby gewandt fragte ich: „Und ihr beide? Seid ihr auch bi?"

„Wir sind vergeben.", antworteten sie -nicht ohne Stolz in der Stimme.

„Oh wow. Wer sind denn die Glücklichen?"

„Ole."

„Alex. Aber keine Sorge. Du lernst die beiden bald kennen.", versprach Ruby.

„Genau. Bei unserem nächsten Abend wirst du mit dabei sein."

„Ich kannst kaum erwarten.", sagte ich lächelnd.

4 Die Wette

Als Sina, Elli und Ruby gegangen waren, stellte ich einen Topf mit Wasser auf den Herd und warf ein paar Nudeln rein. Anschließend nahm ich den Vanillejoghurt aus dem Kühlschrank und verfeinerte ihn mit Heidelbeeren. Mit einem Löffel bewaffnet saß ich auf einem der Barhocker, den Laptop geöffnet und arbeitete, während die Tastatur leise klackerte. So vertieft bekam ich nicht mit, dass Brian, von Duft angelockt, aus seinem Zimmer kam. „Was machst du da?", fragte er und ich zuckte vor Schreck zusammen.

„Mach das ja nie wieder!" Doch Brian beachtete mich nicht, sondern stand noch immer hinter mir und versuchte, über meine Schulter hinweg mitzulesen. Hastig klappte ich den Laptop zu. „Ich hoffe für dich, du hast es vorher gespeichert.", sagte er schlicht.

Ich funkelte ihn an, doch er ignorierte es geflissentlich. „Was sollte das? Ich hab mich beinahe zu Tode erschrocken."

„Du lebst ja noch. Leider. Er schlenderte zum Herd. Ich hatte es eigentlich gehofft, fuhr er fort, denn dann hätte ich das Essen für mich gehabt."

„Na danke.", sagte ich trocken und stand auf. „Dann sollte ich mich wohl glücklich schätzen, dass du mich noch nicht mit dem Küchenmesser erstochen hast." Ich packte die, inzwischen fertigen, Nudeln und mein Handy in die Tasche. Brian schaute mir schweigend zu, während ich mein Zeug zusammensuchte. „Musst du wieder arbeiten?", fragte er nach einer Weile stirnrunzelnd und warf einen Blick auf die Uhr. „Du bist doch vor 'ner Stunde erst wiedergekommen."

„Na und? Ein Job reicht eben nicht aus. Außerdem war ich ja noch einkaufen."

„Hast du denn nichts für die Uni zu tun?"

„Doch, klar. Das mache ich, wenn ich wiederkomme."

„Und wann wird das sein?", wollte er wissen.

„Keine Sorge, du wirst lange genug deine Ruhe haben. Meine Schicht im Restaurant endet 23.30 Uhr."

„Darum mache ich mir keine Sorgen. Aber warum kommst du so spät?"

„Warum nicht. Hör zu. Es sind noch ein paar Nudeln da. Die kannst du essen, wenn du willst, aber ich muss jetzt los. Und lass ja die Finger von meinem Joghurt."

Er lachte. „Ich wette du hältst es keinen Tag ohne deinen Vanillejoghurt aus."

„Und ich wette, du hältst es keinen ganzen Tag ohne flirten aus.", konterte ich.

„Lust auf 'nen kleines Battle? Der Gewinner", er überlegte, „ist eine Woche frei von jeglichen Pflichten im Haushalt."

„Dann habe wir einen Deal. Los geht es heute um null Uhr und endet morgen um dieselbe Zeit."

5 Unerwartet

„Ahh ...Uni vorbei. Endlich." Brian ließ sich seufzend auf einen der Barhocker plumsen. „Marketing Management kann soo langweilig sein. Stundenlanges Statistiken auswerten für die grandiose Schlussfolgerung, dass keines der Beispiele erfolgstauglich ist."

„Wie du es, ohne dir besonders viel Mühe zu geben schaffst, Ahnung von deinem Studium zu haben, ist mir ein Rätsel."

„Ich sehe halt nicht nur umwerfend aus, sondern bin auch sehr talentiert und weiß, wie es läuft."

„Indem du bei anderen abschreibst?", schlug ich vor.

„Ein Zauberer verrät nie seine Tricks. So viel kann ich dir trotzdem sagen: man muss schlau sein, klug handeln und seinen Gegenüber gut kennen."
Kommentarlos hob ich eine Augenbraue.

Er seufzte. „Diese Art der Intelligenz ist eben selten und sehr gefragt, das versteht nicht jeder. Vielleicht wirst du ja auch irgendwann in diesen Genuss kommen."

„In den Genuss wovon genau? Selten zu sein, oder sehr gefragt?"

„Mhhh...nein. wenn ich so darüber nachdenke, wirst du höchstens eine Motivationsprämie bekommen, statt wahre Intelligenz."

„Immerhin etwas.", sagte ich trocken. „Aber das, was du da eben gesagt hast, war gar nicht so dumm." Ich lächelte ihm anerkennend zu.

Brian legte den Kopf schief. „So gefällst du mir gleich viel besser." Auch er lächelte.

„Musst du dich nicht langsam wieder bei deinen Verehrerinnen blicken lassen?", versuchte ich einen Themenwechsel.

„Wer braucht schon andere Frauen, wenn er dich haben kann?" Die Worte rutschten ihm raus, ehe er sich auf die Zunge beißen konnte.

Doch ich war zu schockiert, um zu reagieren. Brian mochte mich? Wann war das denn passiert? Und wer hätte gedacht, dass er mit seinem Lächeln so verdammt gut aussah?

„Sieht aus, als hättest du die Wette gewonnen.", murmelte er nach einer Weile des Schweigens, doch ein Sieg fühlte sich anders an.

„Tag, Leute.", bei Ellis Stimme fuhren wir beide ertappt zusammen. Doch falls sie etwas eigenartig fand, ließ sie es sich nicht anmerken. „Ich störe euch ja nur ungern, aber nachher steigt bei Ruby und mir die versprochene Quizabend-Party. Ich hab schon ein paar tolle Fragen rausgesucht. Also, um acht bei uns. Wehe, ihr kommt nicht!"

6 Quizabend

„Okay. Jetzt kommt die letzte Chance, auf den Sieg."
Wir hielten alle gespannt die Luft an, während Elli nachdachte.
„Nutella mit oder ohne Butter?"

„Definitiv mit.", antwortete Ole, ohne zu zögern.

„Uuund durchgefallen!!!"

„Was? Wieso?"

„Wer isst denn bitte Nutella mit Butter?! Das ist doch absolut widerlich." Elli schüttelte sich.

„Finde ich nicht. Ohne Butter ist es so eintönig. Das ist eine voll unfaire Frage."
„Wir wollen nochmal!", stimmte Alex seinem Freund zu.

„Nein. Eure Chance ist vorbei. Vielleicht hast du ja Glück, wenn Charlie genauso versagt, wie ihr."

Fast augenblicklich hatte ich Ole's Aufmerksamkeit. „Charlie komm schon. Tu's für mich. Bitte. Du brauchst nur dieses eine Mal verlieren. Ich muss doch meinen guten Ruf wahren."

„Ach. Hör nicht auf den. Der hat gar keinen guten Ruf. Alles Einbildung. Du schaffst das schon. Noch eine Frage, dann haben wir gewonnen.", versicherte mir Ruby.

„Ellis Fragen sind aber auch immer so gemein. Beim nächsten Mal muss jemand anderes Schiedsrichter sein.", maulte Ole.

„Also Charlie. Bist du bereit für die alles entscheidende Frage zum Sieg?", nahm Elli das Wort wieder an sich. „Wenn du eine Tafel Schokolade hast. Abbeißen, oder abbrechen?

„Abbrechen."

„Und der Gewinner ist...Team Charlie!!!!!"

„Bravo! Juhuuu! Wir haben gewonnen!!" Lachend umarmten mich Ruby und Sina.

„Was? Das ist deine tolle Frage?", empörte sich Alex. „Das hätte sogar ich richtig gewusst. Elli du bist voll unfair."

„Du darfst keinen Favoriten haben.", versuchte Ole seinen Freund zu unterstützen.

„Ich habe keinen Favoriten. Das liegt einzig an Charlie. Sie wusste die richtige Antwort und damit hat ihr Team gewonnen."

„Ihr habt euch doch vorher abgesprochen!"

„Mann, da kann aber einer nicht verlieren.", murmelte Ruby.

„Brian, jetzt sag doch auch Mal was.", wandte er sich hilfesuchend an das dritte Mitglied seiner Mannschaft, was mich dazu veranlasste, besagtem Mitspieler einen heimlichen Blick zuzuwerfen, so, wie er es tat, wenn er dachte, ich wäre abgelenkt. „Nimm's nicht so schwer." Brian klopfte seinem Kumpel aufmunternd auf die Schulter. „Jede Frau hat mehr Grips als du. Kannst dich glücklich schätzen, dass Sina immer noch nicht genug von dir hat."

„Eyyy! Nicht hilfreich.", beschwerte sich Ole, doch sein Gejammer ging in unserem Gelächter unter.

7 Das Versprechen

„Was ist denn hier los?", fragte ich beim Betreten der Wohnung, als mir der köstliche Duft von Lasagne in die Nase stieg.

„Ich hab eine Wette verloren und Tom und ich dachten, wenn wir schon Langeweile haben, kann auch was Nützliches dabei rauskommen.", empfing Brian mich. „Damit war zwar eigentlich die Hausarbeit für die Uni gemeint, aber ganz so streberhaft sind wir dann doch nicht."

„Es war bestimmt harte Arbeit, die Lasagne aus dem Tiefkühlfach in den Ofen zu schieben.", antwortete ich mit gespieltem Ernst. „Ich weiß eure Mühen zu schätzen."

Brian grinste triumphierend. „Hab ich meinen Job also gut gemacht."

„Pass auf." Ich schnaubte belustigt. „Nicht dass dein Ego Kratzer bekommt, wenn du wieder in der Realität gelandet bist."

„Ach, und ich dachte schon, du willst mir die Ehre geben, die mir zusteht."

„Dir? Wieso dir?"

„Na, ich bin schließlich der Beste hier. Das weiß doch jeder.", plusterte er sich auf.

„Pfft, hast du heute Morgen Arroganz gefrühstückt?"

„Wenn du damit mein köstliches Marmeladenbrot meinst, dann ja."

„Gab es auch Honig dazu?"

„Wozu?"

„Na, hast du ein Erdbeermarmelade Brot mit Honig gegessen?"

Er verzog das Gesicht, als würde er in eine Zitrone beißen.+
„Nein. Ich bin doch nicht Tom."

„Ey! Haltet mich da raus", ertönte Toms Stimme aus dem Hintergrund.

„Du warst nicht gemeint", rief ich ihm zu, woraufhin er sich fast schon erleichtert verabschiedete und die Flucht antrat.

„Um auf deine Frage zurückzukommen", lenkte Brian die Aufmerksamkeit auf sich, „nein, habe ich nicht. Ich mochte Tom und das Erdbeermarmelade Brot mit Honig eh noch nie."

„Ach, entschuldige. Wie könnte ich nur so daneben liegen." Jedes meiner Worte triefte vor Sarkasmus. „Du warst natürlich der Pipi Langstrumpf Fan. Die macht sich die Welt auch immer, wie sie ihr gefällt."

Sein empörter Blick war unbezahlbar, doch ich konnte ihn nicht lange genießen. Blitzschnell hatte er sich zu mir heruntergebeugt. Seine Lippen schwebten dich vor meinem Ohr und er war mir so nah, dass sein warmer Atem verführerisch auf meiner Haut kitzelte. Mit einem verheißungsvollen Unterton in der Stimme flüsterte er: „Rache ist süß."

8 Verblüffende Entdeckungen

Die Tage vergingen, doch Brians versprochene Rache blieb aus. Ich wusste nicht, ob ich erleichtert oder enttäuscht sein sollte. Ich wusste um ehrlich zu sein überhaupt nichts mehr, denn ich dachte, ich wäre ihm egal, so wie er mir egal sind sollte. Doch jeden Raum, den ich betrat, suchte ich nach ihm ab. In meinen freien Minuten dachte ich an ihm. Ich genoss inzwischen unsere täglichen Kabbeleien und hätte viel gegeben, wenn ich gewusst hätte, was er dachte. Jedes Mal, wenn sich unsere Blicke trafen, dauerte es einige Augenblicke, ehe jemand von uns wegsehen konnte, als würde uns irgendetwas aneinanderfesseln. Ich hätte nicht gewusst, was ich ihm sagen sollte und doch tänzelten wir gekonnt um eine Aussprache herum. Er brachte weiterhin jeden Abend eine andere Frau mit, ich war vertieft in Arbeit und Studium, oder verbrachte meine Abende mit Ruby, Elli und Sina.

Ich saß gerade in meinem Zimmer und arbeitete an einem Modell als er eintrat. „Hey

Charlie, ein paar von den Jungs...holy shit! Was wird denn das?", fragte er nach einem Blick auf das grobe Gerüst aus Holz und Pappmaschee.

Ich blickte auf. „Was, das hier? Ach, das ist für die Uni. Wenn man Architektur studiert, muss man halt hin und wieder etwas bauen und neue Designs entwickeln. Und jetzt ist es unser Job, ein Gebäude, rein aus vorgegebenen Resten der Bauindustrie, zu entwickeln. Dabei muss man sich mit allen Materialien und ihren Eigenschaften richtig gut auskennen."

Während meiner Erklärung war er neugierig nähergekommen und begutachtete nun mein Modell. „Wahnsinn, wie gut das schon aussieht. Zugegeben, als du gesagt hattest, was du studierst, hab ich mich gefragt, wann du wechseln wirst und die Nase voll davon hast. Aber wenn ich das jetzt sehe, dann muss ich sagen, hast du genau das Richtige gewählt."

„Danke", antwortete ich lächelnd. „Aber was wolltest du jetzt eigentlich?"

Brian hob den Kopf. „Ich? Ach ja. Die Jungs wollen heute in eine Bar, weil Ole und Alex es sich in den Kopf gesetzt haben, für Tom eine

Freundin zu finden. Ich muss helfen, aber dafür bin ich um eine Verkupplungsparty herumgekommen. Was ist daran so komisch?", fragte Brian, als er merkte, dass ich lachte.

„Die Erleichterung in deiner Stimme ist unüberhörbar."

Amüsiert schüttelte er den Kopf und fuhr dann fort: „Jedenfalls sollte ich dir mitteilen, dass deine Freundinnen dich in zwei Stunden erwarten. Elli hat mir gedroht, dass sie sonst höchstpersönlich eine Frau aussucht, mit der sie mich verkuppelt. Also, mein Job ist damit erledigt."

9 Kissenschlacht

„Hey Ladies!", rief Ole, kam hereinspaziert und unterbrach damit unser Gespräch über Eissorten. „Es gab leider keine Passende für Tom und in dem Club war so gut wie nichts los. Da dachten wir uns, euch Gesellschaft zu leisten wird bestimmt lustiger."

Er ließ sich neben Sina auf das Sofa fallen und stahl sich einen Kuss von ihr. Alex machte das gleiche mit Ruby und Elli neben mir, war plötzlich verstummt. Der Grund dafür war gerade zur Tür hereinspaziert. Doch sie fand ihre Sprache fast augenblicklich wieder, warf mir einen *der-Typ-ist-heiß-Blick* zu und fing hemmungslos an, mit Tom zu flirten. Überraschenderweise reagierte er ebenso begeistert und schon bald waren sie in eine angeregte Diskussion vertieft.

Als letzter betrat Brian die Wohnung. Die Pärchenaufteilung, nach der wir uns nun nebeneinandersetzten sollten, brachte ihn kurz aus dem Konzept und so ging er lieber auf Nummer sicher, indem er den Stuhl auf der gegenüberliegenden Seite des Sofatisches wählte, um mich nachdenklich zu mustern.

„Ey, Brian. Jetzt schau doch nicht so. Dass die alte Frau im Club dachte, du bist schon reif für's Rentenalter lag doch nur an dem Licht. Und vielleicht an ihrem Sehvermögen.", versuchte Alex ihm zu erklären, dem glücklicherweise entgangen war, warum Brian tatsächlich so nachdenklich wirkte. Jetzt allerdings strafte dieser seinen Freund mit Todesblicken, doch es war zu spät.

„Bitte was?", lachte Sina, die nicht länger an sich halten konnte und auch ich musste grinsen. „Wo hast du denn deinen Rollator gelassen? Ohne den kommst du doch keine drei Meter weit. Immerhin knackt und knirscht es im Gebälk, wenn die alten Knochen morsch werden."

„Na warte." Er warf ein Kissen nach mir, sodass ich lachend in Deckung ging.

„Kissenschlacht!", rief Ole und schon war ein wilder Kampf entbrannt.

„Jungs gegen Mädchen!", stimmte Alex zu.

„Mädchen gegen Jungs!", widersprach Ruby.

„Jungs gegen Mädchen!"

„Nein, Mädchen gegen Jungs!"

„Eindeutig Bibi und Tina Fans", lachte Brian, und bückte sich nach einem Kissen. Doch, wie in kitschigen Liebesfilmen, griffen wir gleichzeitig danach und starrten uns wie elektrisiert an. Wir spürten die Anziehung aber eh wir reagieren konnten rief Sina: „Charlie, keine Verbrüderung mit dem Feind!" Was Brian veranlasste, sich blitzschnell hinter die Couch zu retten, bevor er von Kissen getroffen werden konnte.

10 Morgenmuffel

Völlig übermüdet schlurfte ich in die Küche und schaltete die Kaffeemaschine ein.

„Guten Morgen!"

„Selber morgen.", antwortete ich weniger begeistert. „Du bist doch leidenschaftlicher Langschläfer. Wie kommt es, dass du vor 6.30 Uhr schon so übermotiviert bist?"

„Warum denn nicht? Außerdem wollte ich deine miese Laune nicht verpassen." Brian grinste vielsagend. „Na, hast wohl einen Kater?"

Ich streckte ihm die Zunge raus. „Nein, das überlasse ich lieber dir. Aber nachdem wir gestern zurück waren, hab ich die restliche Nacht an meinem Modell gearbeitet. Warum muss heute auch Montag sein?", beschwerte ich mich.

Brian schob sich einen Löffel Joghurt in dem Mund und dachte nach. „Vielleicht weil irgendwer irgendwann gesagt hat, dass nach einem

Sonntag ein Montag kommt?", schlug er vor.

„Es könnte ruhig noch ein Tag länger frei sein.", grummelte ich.

„Da muss ich dir Recht geben." Genüsslich schob er sich einen zweiten Löffel in den Mund, als mir plötzlich etwas auffiel.

„Du isst doch nicht etwas meinen Vanillejoghurt?!?!"

„Natürlich. Und der ist echt lecker. Jetzt verstehe ich, warum du nicht teilen willst."

Ich war mit wenigen Schritten da und entriss ihm das Glas, während er grinsend den Löffel ableckte und mich provokant anfunkelte.

„Wie kannst du es wagen?! Ich hab dir schon tausendmal gesagt, dass du die Finger davon lassen sollst! Das ist mein Lieblingsjoghurt. Und der von meinem Vater."

„Ich hab dir doch eine süße Rache versprochen. Und ich breche mein Wort nicht." Damit verschwand er lässig in seinem Zimmer und ließ mich sprachlos zurück.

„Oh Mann. Du hörst dich gar nicht gut an.", sagte ich wenig später zu Sina, als wir gemeinsam auf dem Weg zu Uni waren. Sie hatte einen Hustenanfall und klagte über Kopf und Gliederschmerzen.

„Klingt, als hättest du dich erkältet. Und deine Stirn ist auch ganz heiß.", ergänzte Ruby besorgt.

„So kannst du da nicht hingehen."

Ach was, wiegelte Sina ab. „So schlimm ist es nicht." Und prompt musste sie niesen.

„Keine Wiederrede. Mit sowas ist nicht zu spaßen. Deine Gesundheit ist wichtiger als irgend so eine Vorlesung. Und wir wollen schließlich nicht, dass du uns alle ansteckst. Komm ich bringe dich nach Hause", sagte ich in einem Ton, der kein *aber* duldete.

11 Zustand

„Charlie, mir geht es wirklich gut.", beteuerte Sina hustend.

„Na klar. Und ich bin die schwedische Kronprinzessin."

„Du musst dir keine Sorgen machen."

„Der Arzt hat was anderes gesagt. Du legst dich jetzt ins Bett, dann gebe ich dir etwas gegen deinen schlimmen Husten und deine laufende Nase. Viel trinken musst du auch. Das ist wichtig!" Sie murmelte etwas unverständlich doch kaum, da ich Sina ins Bett gebracht hatte, holte die Müdigkeit sie ein. Ich hatte gerade ihre Zimmertür geschlossen, als die anderen von der Uni zurückkamen.

„Und? Wie geht es ihr?", wollte Ole sofort wissen.

„Sie schläft gerade. Wir waren vorhin beim Arzt und..."

„Ihr wart beim Arzt?! So schlimm?"

Ich seufzte. „Wie's aussieht, hat sie sich 'ne Grippe eingefangen."

„Ist das Fieber zurückgegangen?", schaltete Ruby sich ein.

„Nein. Es ist sogar noch etwas gestiegen. Vorhin waren es rund 39 Grad. Der Arzt hat Bettruhe verordnet und wenn es sich verschlechtert, sollen wir wieder hin. Dann müssen wir aber hoffentlich nicht so lange warten, bis wir dran sind."

Ole war bei jedem Satz etwas blasser geworden. „Ab wann wird Fieber nochmal Krankenhaus-reif gefährlich?"

„So 40 aufwärts."

Er atmete geräuschvoll aus. Ihm war anzusehen, wie besorgt er war.

„Das wird schon wieder.", beruhigte ich ihn. „Wir werden einfach sehen, wie es sich entwickelt. Ich habe ihr gerade Hustensaft und Nasentropfen gegeben. Nachher mache ich ihr noch Wadenwickel, aber viel mehr als Abwarten und Tee trinken können wir im Moment eh nicht tun.“

„Danke. Danke, dass du den ganzen Tag bei ihr geblieben bist und dich um sie gekümmert hast.“ Er umarmte mich.

„Keine große Sache. Das würde ich für jeden von euch tun.“, winkte ich ab.

„So, und was jetzt?“, wollte Alex schließlich wissen.

„Ich hab noch etwas Zeit, dann muss ich auf Arbeit.“, teilte ich den anderen mit. „Im Café habe ich schon abgesagt, aber ins Restaurant gehe ich.“
Ole, der es nicht länger aushielt, drängte sich an mir vorbei ins Zimmer, gab Sina liebevoll einen Kuss auf die Stirn und setzte sich neben sie. Wir übrigen nahmen im Wohnzimmer Platz und spielten ein paar Runden Skip-bo, doch niemand war so richtig bei der Sache.

12 Durcheinander

„Ach. Brian. Ich hab mich schon gefragt wo du geblieben bist. Keine Ahnung, ob es dir jemand gesagt hat, aber Sina hat Grippe. Die anderen sind alle unten und ich muss gleich auf Arbeit."

„Brian?", Fragte ich, als er nicht antwortete und auch sonst keine Reaktion zeigte. Erst, als ich ihm von hinten auf die Schulter tippte, fuhr er hoch, drehte sich jedoch nicht um.

„Geh nur.", murmelte er.

„Hey. Was ist los?" Ich umrundete ich den Hocker, auf dem er saß. „Warum weinst du?", fragte ich mitfühlend, als ich den Kummer in seinen sonst so leuchtenden Augen sah.

„Ich hab doch gesagt, dass du gehen kannst."

„Aber ich bin noch hier."

„Du hättest gehen sollen."

„Brian.", ermahnte ich ihn. „Was ist los?"

„Mein Vater ist gestorben."

Schweigend ließ ich mich auf den Hocker neben ihn fallen.

„Ich verstehe das nicht.", fuhr er fort. „Warum? Warum er? Dad war doch immer so gesund. Er macht regelmäßig Sport und hat Arzttermine. Wie kann jemand wie er einfach so sterben? Das kann ich nicht glauben. Vielleicht haben sie sich geirrt. So muss es sein. Er ist nicht tot. Er kann gar nicht tot sein. Aber warum? Warum nur? Was soll das?"

„Brian. Shhhht. Brian.", versuchte ich ihn zu beruhigen. „Alles der Reihe nach. Wie ist er denn überhaupt gestorben?"

„Herzinfarkt. Aber es gab keine Anzeichen dafür. Nichts. Dad ist..."; er stockte, „Dad war der beste Mensch, den ich kenne. Er war ein perfekter Ehemann, lieber Vater und loyaler Freund. Er hat sich um jeden gekümmert, konnte dumme Witze reißen und dir die Welt erklären. Und jetzt...und jetzt soll er einfach nicht mehr da sein? Für immer? Wie soll ich denn ohne ihn klarkommen?"

Sanft strich ich ihm über den Rücken. „Du willst jetzt bestimmt zu deiner Familie, oder?", fragte ich nach einer Weile.

Brian nickte. „Meine Mutter ist ganz allein zu Hause. Sie braucht jemanden, der bei ihr ist." Er hievte sich vom Stuhl hoch und wollte in sein Zimmer gehen, als ihm noch etwas einfiel. „Aber ich komme heute Abend wieder. Muss doch morgen zur Uni."

„Brian, dein Vater ist gerade gestorben. Du kannst dich auch für ein paar Tage krankschreiben lassen. Das würde jeder verstehen."

„Nein. Dad meinte, Schwänzen gilt nicht. Wenn man etwas anfängt, macht man es auch zu Ende. Verstehst du? Er würde das so wollen." Mit diesen Worten drehte er sich um.

13 Helfen

In den folgenden Tagen kümmerte ich mich sowohl um Sina als auch um Brian. Er hatte sich geweigert, einige Tage zu Hause zu bleiben, ob wohl ihm deutlich anzumerken war, wie sehr es ihn mitnahm. Ich marschierte jeden Morgen in sein Zimmer, schob die Vorhänge zur Seite und sorgte dafür, dass er rechtzeitig in der Uni ankam.

„Mir geht es schon wieder besser. Ich hab nur noch etwas Halsschmerzen.", krächzte Sina, als ich für meinem täglichen Besuch vorbei kam. „Wie geht es Brian?", wollte sie wissen.

Ich verzog das Gesicht. „Er ist immer noch ziemlich mitgenommen, wobei es sich etwas gebessert hat. Aber seit heute Morgen hab ich ihn noch nicht wieder gesehen. Hoffentlich betrinkt er sich nicht wieder in irgendeiner Bar. Ich hab keine Lust, ihn, wie am Mittwoch, nach Hause zu schleifen. Ich weiß, er hat es gerade nicht leicht, aber seine Sorgen werden dadurch nicht weniger."

Sie nickte nachdenklich. „Er tut mir sehr leid. Ich würde ihm gerne irgendwie helfen."

„Brian lässt im Moment niemanden an sich heran", erwiderte ich.

„Und trotzdem bist du für ihn da, sorgst dafür, dass er keinen Blödsinn macht und jeden Abend wieder nach Hause kommt. Das nenne ich helfen. Ich würde nur auch gerne was dazu beitragen."

„Ruh dich lieber noch etwas aus. Der Arzt meinte, wenn du dich zu früh zu stark belastet..."

„...kann ich einen Rückfall haben.", beendete sie seufzend meinen Satz. „Aber was ist mit dir?"

„Mit mir?"

„Na, wie geht's dir? Es muss bestimmt anstrengend sein, neben Uni und Arbeit sich um uns beide zu kümmern. Die anderen sind zwar auch da, aber Elli und Tom, Ruby und Alex haben nur Augen füreinander und Ole weiß nicht, wie er mir helfen soll. Du bist diejenige, die uns wieder auf die Beine hilft."

„Mir geht es gut.", log ich, denn meine pochende Stirn, die Gliederschmerzen, und die Halsschmerzen, die mich seit einigen Tagen begleiteten, erzählten etwas anderes.
„Uni und Arbeit lässt sich regeln. Ich hab ja noch Zeit, euch zu helfen und von anderen aus dem Haus kommen auch dauernd Fragen oder Hilferufe. Ich bin eigentlich immer unterwegs und sorge dafür, dass es allen gut geht."

„Du solltest mal eine Pause machen.", sagte sie.

„Nachher vielleicht." Ich ignorierte ihren zweifelnden Blick und machte mich auf den Weg zu meiner Schicht.

Als ich abends nach Hause kam, sah ich auf dem Bürgersteig neben der Eingangstür jemanden sitzen. Es war Brian.

14 Schmerzvoll

Ich eilte auf ihn zu. „Was machst du denn hier? In der Kälte?" Und legte ihm kurzerhand meine Jacke um die Schultern, ohne auf meinen schmerzenden Hals zu achten.

„Heut war doch Beerdigung.", murmelte er, tief in Gedanken versunken. „Jetzt ist er für immer weg. Warum musste er nur sterben. Er war doch immer so gesund. Das Leben ist unfair. Es bringt die besten Menschen immer zuerst um. Sowas hat er nicht verdient."

„Niemand hat das. Der Tod holt uns alle irgendwann ein.", erwiderte ich traurig. „Die Beerdigung war sicher nicht leicht für dich. Wollen wir nicht erstmal hochgehen und du erzählst mir dort, wie es gelaufen ist?", fragte ich behutsam.

„Ich kann nicht hochgehen. Ich will die anderen nicht sehen. Ich will ihr Mitleid nicht. Sie wissen nicht, wie das ist."

„Gut. Dann bleiben wir." Ich rieb mir die kälter werdenden Arme und fügte nach einem Moment leise hinzu: „Ich verstehe dich."

„Pah!", ärgerlich wischte er seine Tränen weg. Ich sah ihm an, dass er mir nicht glaubte.

„In unserem Haus gab es ein Gasleck." Begann ich und setzte mich zu ihm. „Meine ganze Familie war da, weil ich Geburtstag hatte. Ich bin 18 geworden und sie wollten mich wahrscheinlich überraschen. Ich musste an dem Tag noch zu einem Bewerbungsgespräch für die Uni, das sich nicht verschieben ließ. Nach der Schule bin ich da hin und in der Zeit wollte meine Familie wohl noch etwas vorbereiten. Eh jemand bemerkt hat, dass etwas nicht stimmt, war es schon zu spät. Sie sind alle erstickt. Man hat mir erzählt, dass das ganze Haus hübsch dekoriert war. Es gab einen Tisch voller Geschenke und eine Torte, auf der Happy Birthday stand. Jeder der Ersthelfer hat mir gratuliert, weil sie wussten, dass meine Familie es nicht mehr konnte. Eine von ihnen brachte eine Karte mit raus und gab sie mir, um mich zu trösten. „Wir haben dich ganz doll lieb und wünschen dir von Herzen das Beste und alles Gute für heute und in Zukunft. Auf dass du jeden Tag genießen kannst und glücklich bist. Wir unterstützen dich in allem, was du tust. Mach dir nicht immer so viel Stress und hab Spaß. Das Leben ist zu kurz, um es mit Sorgen zu verbringen. Du bist jetzt erwachsen und seit es dich gibt, haben wir jeden Tag einen Grund zum Lächeln. Du bist ein wundervoller Mensch und eine wunderschöne junge Frau geworden und wirst uns immer stolz machen.", stand drauf und alle haben unterschrieben.". Jetzt war ich es, die gegen die Tränen kämpfte.

„Wird es je erträglicher? Der Schmerz, meine ich?", fragte Brian nach einer Weile.

„Ich müsste lügen, um dir die Antwort zu geben, die du hören willst. Wenn du jemanden wirklich liebst, wird er dir für immer fehlen, aber deine Erinnerung an gemeinsame Zeiten bleiben, denn in deinem Herzen ist jeder zu Hause, der dir wichtig ist."

15 Grenzen

„Geht es dir langsam besser?", fragte ich, als wir gerade Abendessen zubereiteten.

„Seit wann hängst du denn so an mir?" Er tat, als war er wieder der Alte. „Sag bloß, du hast festgestellt, was für ein toller Typ ich bin."

Ich senkte den Kopf und murmelte: „Du bevorzugst doch eh deine anderen Verehrerinnen."

„Wie es mir geht, kann ich dir im Moment nicht sagen.", antwortete er auf meine Frage. „Eines weiß ich aber schon länger mit Gewissheit." Jeder Spott war aus seiner Stimme gewichen und er hob mein Kinn, sodass ich in seinen saphirblauen Augen lesen konnte. In ihnen spiegelte sich so viel mehr, als er zu sagen bereit war. Angst, Sorge, Verständnis, Verzweiflung, Trauer, Zärtlichkeit, Hingabe und... „Du magst mich.", stellte ich überrascht fest, was jedoch maßlos untertrieben war.

„So sieht es wohl aus."

„Also hab ich einen Platz in deinem Herzen?", fragte ich mit Anspielung an unser Gespräch auf dem Bürgersteig.

„Jap. Aber den kann man nur mit 'ner Lupe sehen."
Auf meinen Empörten Blick antwortete er mit einem Schmunzeln. „Du bist für mich die wichtigste Person in meinem Leben. Du hast keinen Platz in meinem Herzen. Es gehört dir.", stellte er richtig und ich schmolz dahin.

„Hey Charlie! Ich muss dich Mal was fragen.", unterbrach uns plötzlich jemand.

„Charlie, du hast mir doch versprochen, dass du mit mir ins Kino gehst."

„Ich muss dir dringend was erzählen, Charlie."

„Hey, Charlie! Hast du noch die Aufgaben?"

„Charlie, wusstest du schon, dass Laura und Bee jetzt zusammen sind?"

„Charlie ich muss dir für deine Hilfe neulich danken. Du musst dir unbedingt anhören, wie es weitergeht."

„Kannst du mir dabei Mal helfen, Charlie?"

„Stell dir vor, Charlie, die haben sich endlich bei mir gemeldet."

Von allen Seiten drangen Stimmen auf mich ein, doch ich verstand nicht, was sie sagten. Zu laut wurde das Dröhnen in meinen Ohren. Schwarze Punkte erschienen in meinem Blickfeld, die schnell größer wurden. Die Umgebung verschwamm und alles drehte sich. Ein pochender Schmerz in der Schläfe und meine glühend heiße Stirn gaben mir den Rest. Starke Arme fingen mich auf, als meine Beine mich nicht mehr trugen. Ich hörte beruhigende Worte, die ich nicht verstand, denn die Dunkelheit breitete sich zu schnell aus, empfing mich mit wohliger Wärme. Brians besorgter Blick war das Letzte, was ich sah, bevor mir die Augen zufielen.

16 Sorge und Sehnsucht

Als ich meine bleischweren Lider hob, musste ich, geblendet vom Sonnenlicht, blinzeln. „Warum bin ich hier?", fragte ich krächzend und schaute mich in dem sterilen Zimmer um.

Brian, der auf einem Stuhl neben mir gesessen und meine Hand gehalten hatte, war sofort bei mir.

„Du bist wach, stellte er erleichtert fest. Bin ich froh, dass es dir besser geht. Nachdem du zusammengeklappt warst, mussten wir dich ins Krankenhaus bringen. Bei 42 Grad Fieber und Symptomen für ein Burn Out, hattest du die Pflege und Ruhe bitter nötig."

Er seufzte. „Wäre ich doch nicht so mit meinen Problemen beschäftigt gewesen. Hätte ich doch nur früher gemerkt, dass es dir nicht gut geht. Dann hätte ich dir helfen können. Drei Jobs und Studium sind halt auch ein Haufen Stress. Und die ganzen Leute, um die du dich noch gekümmert hast. Du bist ein Mensch, keine Maschine."

„Vier. Es sind vier Jobs.", korrigierte ich ihn, noch gegen meine Müdigkeit kämpfend. „Unter der Woche bin ich nachmittags im Café, abends im Restaurant. An den Wochenenden gebe ich Nachhilfe und manchmal schreibe ich Stücke für das Stadttheater.", gähnte ich.

Er schüttelte den Kopf. „Warum tust du dir das nur an?"

Ich lächelte traurig. „Das Studentenleben ist teuer und die Erbschaftssteuer hoch, weil ich nach dem Tod meiner Familie doch alles bekommen habe. Außerdem ist die Arbeit, die ich tue angenehm und ich hab das Gefühl, anderen damit helfen zu können."

„Wenn du zusammenklappst, nützt das aber niemandem." Sanft strich Brian eine Haarsträhne aus meinem Gesicht. „Und du hast mir einen riesigen Schreck eingejagt, als du einfach so umgekippt bist."

„Das wollte ich nicht." Denn ich spürte seine Sorge.

Nachdenklich fuhr er mit seinem Daumen über meine Wange bis hin zu meinen Lippen.

Dort folgte er jeder Kontur, erkundete jeden Zentimeter. Seine Berührungen ließen mein Herz schneller schlagen und meine Haut dort sehnsüchtig zurück, wo ich Augenblicke vorher seine Finger gespürt hatte. Jede der Bewegungen strahlte eine solche Hingabe aus, dass es mir den Atem raubte. In diesem Moment beugte Brian sich zu mir herunter. „Was willst du dann?", fragte er flüsternd.

17 Feuer des Verlangens

„Ich will...", ich wandte den Blick ab, denn ich ertrug es nicht, ihm in die Augen zu sehen. „Ich will ehrlich sein und…Ich will wissen, wie es ist, dich zu berühren.", sagte ich leise. „Ich will wissen, wie es sich anfühlt, wenn wir uns küssen. Ich will in deinen Armen liegen. Ich will, dass du dir Sorgen machst, wenn es mir nicht gut geht, so wie ich für dich da sein will, wann immer du mich brauchst. Ich will für dich der wichtigste Mensch auf der Welt sein. Ich will dir sagen, dass ich dich liebe und dich flüstern hören, dass du dasselbe fühlst. Ich will dich, und nur dich. Ich will neben dir einschlafen und neben dir aufwachen. Ich will dieselbe Leidenschaft in deinen Augen sehen, mit der ich an dich denke. Ich will der Grund sein, warum du lächelst. Ich will, dass du glücklich bist. Mit mir."

Ich spürte, was er fühlte, doch ich konnte nicht wissen, was er dachte. „Und was willst du?", hauchte ich daher.

Seine Stimme war rau und belegt, als er mühsam Worte formte, für etwas, das nicht in Worte zu fassen war. „Ich will... dich nicht länger auf Abstand halten... und Angst haben müssen, ...dich zu verlieren. Ich will...", er schluckte, „Allen zeigen, dass du nur mir gehörst und dass ich der Einzige bin, der dich berühren darf. Der Einzige, für den du bis ans Ende der Welt gehen würdest. Der Einzige sein, den deine Augen sehen und dem du deine Sorgen erzählst. Ich will der Einzige sein, den du willst. Denn du bist die Einzige, die ich will." Das Feuer des Verlangens brannte lichterloh in seinen Augen. Es war so intensiv, wie der Moment, als unsere Lippen kollidierten.Eine Liebe und Leidenschaft lag in dieser Berührung, die unbeschreiblich war. Sanft und zart. Rau und verlangend. Der Kuss war ein Spiegel unserer Gefühle, unserer Sehnsucht, die wir so lange erfolglos versucht hatten zu unterdrücken. Brian hielt mich fest in seinen Armen und ich schmiegte mich an ihn, vergrub meine Hände in seinem weichen Haar und gab mich ganz dem Augenblick hin. Wir vertieften den Kuss mit unendlicher Hingabe und unbändigem Verlangen. Es war das Einzige, was in diesem Moment existierte. Ich hatte das Gefühl, angekommen zu sein. Hier und jetzt.

Schwer atmend lösten wir uns kurz voneinander. Er legte seine Stirn an meine und flüsterte lächelnd: „Ich liebe dich, Charlie."

„Und ich liebe dich, Brian."

CATALINA APITZSCH

Catalina Apitzsch schrieb schon immer leidenschaftlich gerne. Waren, es früher noch Bilder, zu denen sie die Texte aufsagte, so sind es jetzt Gedichte, Kurzgeschichten und Bücher, welche sie mit Worten füllt. Das Schreiben bedeutet für die siebzehnjährige Autorin, den Stift mit Gefühlen zu führen und das Papier ist der Ort, an dem sie sich ganz ihrer Fantasie hingeben kann. Der lockere Stil und die Tiefe der Charaktere begleiten den Leser durch die Seiten. Wer ihre Texte liest, den erwarten ehrliche Meinung, emotionale Beziehungen und spannende Handlungen!

Loved this book?
Why not write your own at story.one?

Let's go!